黒猫

ポー（斎藤寿葉訳）＋まくらくらま

初出：「ユナイテッド・ステイツ・サタデー・ポスト」1843年8月

The Black Cat

Edgar Allan Poe

エドガー・アラン・ポー

１８０９年アメリカ・マサチューセッツ州ボストン生まれ。小説家、詩人。１８３２年から作品を発表しはじめる。「アッシャー家の崩壊」、「ウィリアム・ウィルソン」などのゴシック小説で知られるほか、史上初の推理小説と言われる「モルグ街の殺人」や「黄金虫」といった作品も執筆した。１８４９年に死去。死因にはいくつかの説がある。

斎藤寿葉（さいとう・かずは）

早稲田大学博士課程満期退学。専門は19世紀末から20世紀初頭のアメリカ文学。「ヘンリー・ジェイムズにおける贈与の力と資本主義」をテーマに博士論文執筆中。

まくらくらま

3月26日生まれの作家。ヨーロッパアンティークが好き。デジタルだけでなく、油絵等のアナログ画材も併用し作品をつくっている。著書に『詩集『山羊の歌』より』（中原中也＋まくらくらま）『まくらくらまイラストカードブック ノアンティクの夢物語』、『不思議なアンティークショップ』がある。

私はこれから、このうえなく荒唐無稽でそれでいてごくありきたりでもある物語について筆を執ろうとしているわけだが、皆さんに私の話を信じてもらえるとは思わないし、信じることを求めもしない。

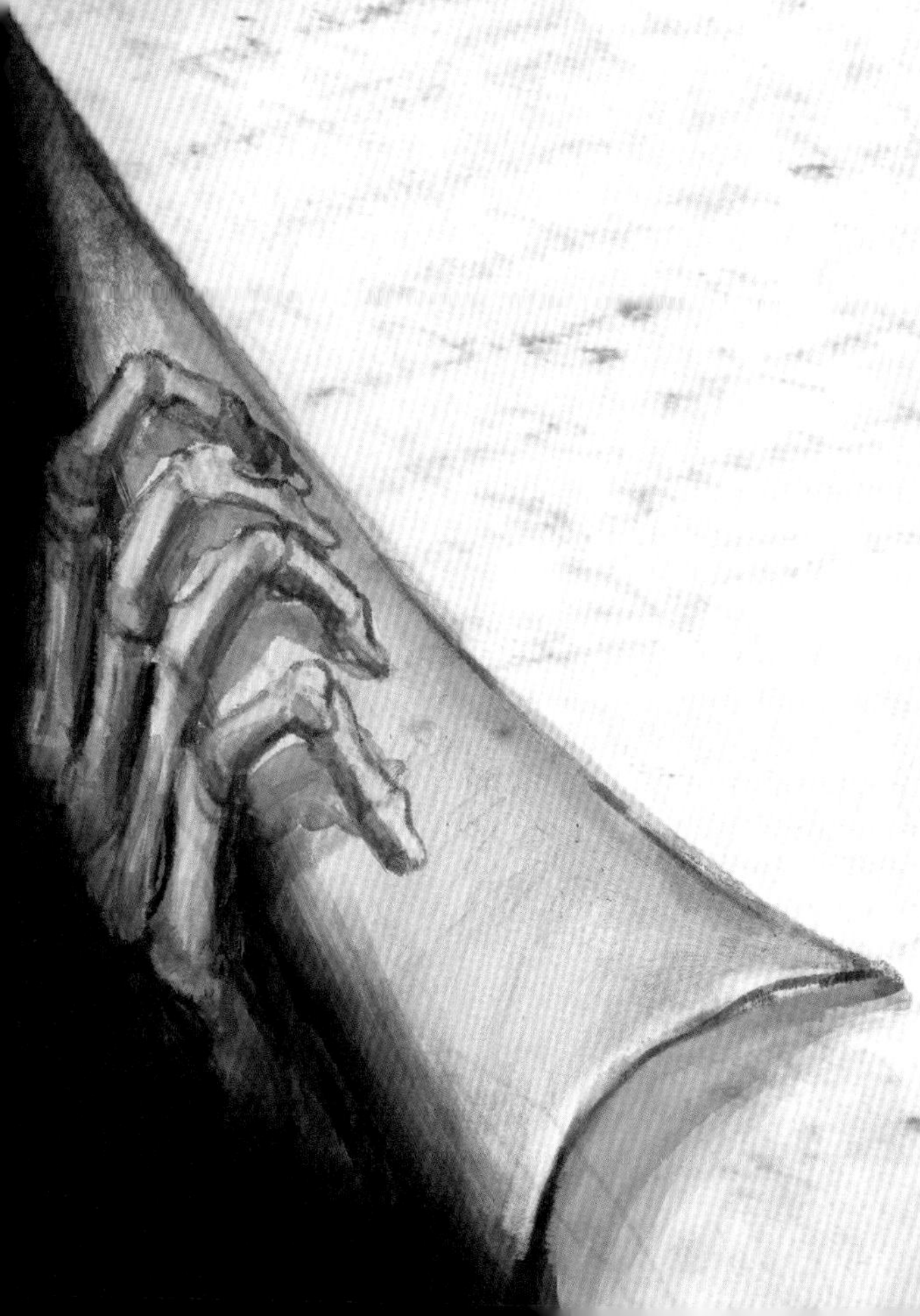

私の五感でさえみずから感知した対象を認めまいとしているというのに、人に信じてもらえると期待するのは狂気の沙汰だろう。とはいえ、私は狂っているわけではないし、よもや夢を見ているわけでもない。どのみち、明日になれば私は死ぬ。だから今日のうちに心の重荷を下ろそうと思うのだ。

私の当面の目的は、家庭内で起こった一連の出来事を明確かつ簡潔に、何ら注釈を加えることなく、世間の皆さんの前に差し出すことである。結果としてそれらの出来事は私を怯えさせ、苦しめ、破滅させた。ここで詳しく説明をつけるつもりはない。私にとってそれらはおよそ恐怖以外の何物でもなかったが、世の多くの人々にとっては、恐ろしいというよりむしろ奇異に思えるのではないだろうか。

今後おそらく、何らかの知性が私の幻想に説明を加えてありふれたものにするときが来るだろう。もっと冷静で論理的で興奮しにくい知性の持ち主ならば、私が畏怖の念をもって語る状況の中に、ごく自然な因果関係をもった当たり前のなりゆきだけを感じ取ることだろう。

幼少期から私は温和《おとな》しく思いやりのある性格で知られていた。気持ちの優しさがあまりに目立つので仲間内で揶揄《からかい》の種にされたほどだった。とりわけ動物が大好きで、両親はさまざまなペットを惜しみなく与えてくれた。私はそのペットたちとともに多くの時間を過ごしたが、彼らに餌を与えたり撫でたりするときはいつにも増して幸せだった。この特異な性格は成長とともにより目立つようになり、大人になると、それが私に楽しみの種をもたらすようになった。忠実で賢い犬に愛着を抱いたことがある人なら、こうして得られる満足感がどのようなものか、またどれほどのものか説明せずともおわかりいただけるだろう。動物のもつ利他的で自己犠牲的な愛情の中には、人間同士の友情のけち臭さや信頼関係の脆弱さを繰り返し思い知らされてきた者の心に直接訴えかける何かがある。

私は早くに結婚したが、妻の中に私自身のものと似ているといって差し支えない性質を見出して嬉しく思った。私のペットへの偏愛を見てとると、彼女はあらゆる機会を逃さず、際立って可愛らしい動物たちを手に入れた。こうして我が家では、小鳥に金魚、立派な犬、うさぎ、小猿、そして一匹の猫を飼うようになった。

この猫というのはひときわ大きく美しい黒猫で、驚くほど賢かった。彼の賢さの話になると、なかなか迷信深いところのある妻が、すべての黒猫は魔女の変装した姿なのだという昔ながらの俗信を度々引き合いに出したくらいだった。彼女が本気でそう信じていたというわけではないし、私としても、今、偶然思い出したから言及したに過ぎない。

プルートー《冥界の王》は——
それがこの猫の名前だった——

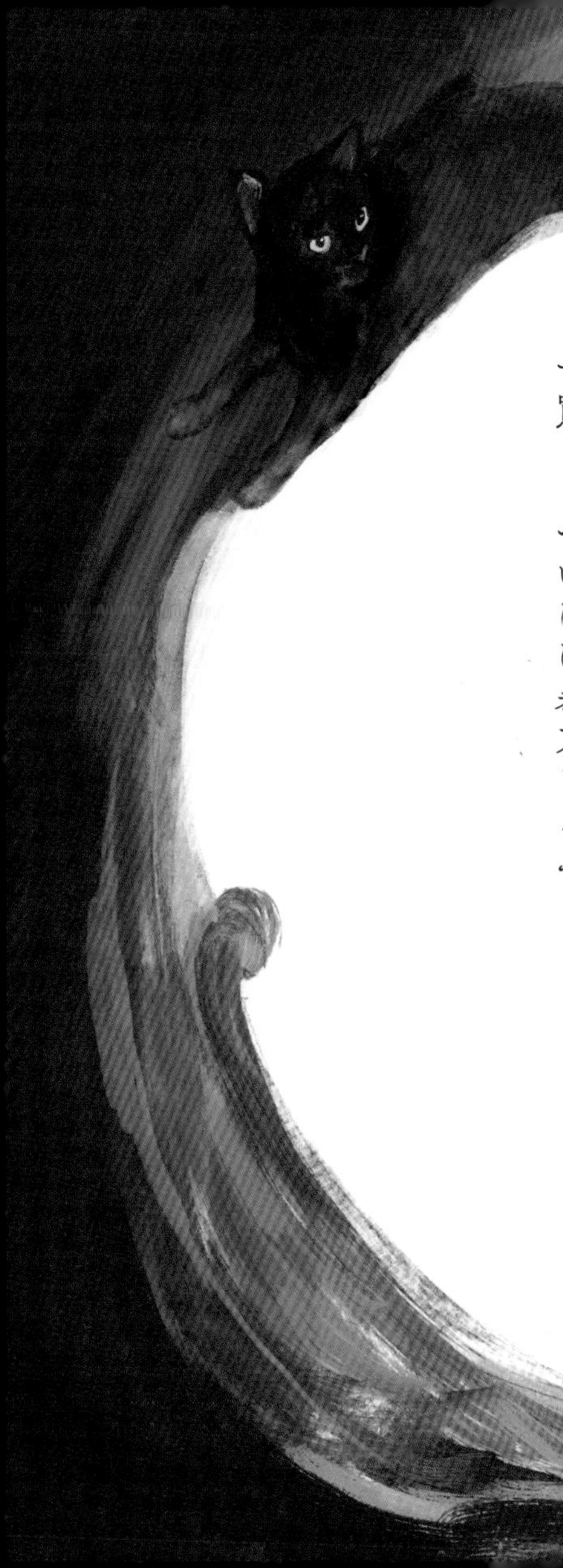

私のお気に入りのペットであり、遊び相手だった。餌をやるのはきまって私で、彼は家じゅうどこへでもついてきた。街中にまでついてこようとするのを止めるのは一苦労だった。

我々の友情はそんなふうにして数年続いたが、この間に、私の気質と性格の全体が「酒乱」の悪魔による手引きで（こうして打ち明けるのはお恥ずかしい限りだが）悪い方に大きく変わってしまった。私は日に日にむっつりとして怒りっぽくなり、他人の気持ちに頓着しなくなっていった。妻を過激な言葉で罵り、ついには暴力さえふるうようになった。

無論ペットたちも、こうした私の気質の変化を感じ取るはめになった。私が彼らを放置するばかりか、虐待したからである。それでもプルートーに対してだけは、手荒な扱いを控えるだけの思いやりがまだ私の中に残っていた。うさぎでも猿でも犬でも、他の動物たちがたまたまか、あるいは私に対する愛着ゆえか纏わりついてきたときには、何の躊躇《ためら》いもなくひどい目に遭わせてやったのだが。

しかし、私の病はますます悪化し――酒とは何と罪深き病原であろう！――ついにはプルートーまでも――今や年老い、そのためいささか気難しくなったプルートーまでも――私の不機嫌の被害を受け始めた。

ある晩、町の行きつけの酒場から泥酔して帰宅したとき、プルートーがどうも私を避けているような気がした。私は咄嗟《とっさ》に彼を捕まえた。すると乱暴な扱いに驚いたのか、彼は私の手に嚙みつき、かすり傷を残したのだ。その瞬間、私は悪魔の如き怒りに取り憑かれ、我を忘れた。生来の魂はたちまち肉体から飛び去り、酒の力に煽られた悪鬼にも勝る憎悪が全身の繊維組織を震わせた。私はチョッキのポケットから小型ナイフを取り出し、刃を出すと、哀れな獣の喉元をつかみ、一方の眼球をその眼窩《がんか》からゆっくり抉り取ったのだ！　この忌まわしき残虐行為を書き記しながら、私は赤面し、燃えるように熱い体を震わせている。

朝になり理性が戻ると――眠ったことで前の晩の深酒の毒が抜けると――私はみずからが犯した罪をなかば恐れ、なかば後悔した。しかしそれはせいぜい弱々しくて曖昧な心情にすぎず、魂には何ら影響を及ぼさなかった。私は再び深酒を繰り返す生活に身を浸し、今回の所業に関する記憶をすべてワインの中に沈めてしまった。

猫の傷はゆっくりと癒えていった。眼球を失った眼窩は確かにぞっとするような見た目だが、本人はもう苦痛を感じていないようだ。いつもどおり家の中を歩き回っていたものの、予想に難くないことだが、私が近づくとひどく怯えて逃げ出すのだった。私にはまだ昔の気持ちが大いに残っていたので、かつてあれほど自分に懐いていた猫が示すあからさまな嫌悪に初めは深い悲しみを覚えた。しかし、その悲しみはすぐに苛立ちへと変わった。それからさらに、決定的で取り返しのつかない破滅をもたらすかのように「つむじまがり」の精神が頭をもたげてきたのだ。この精神について、哲学は何の説明も与えてはくれない。だが、私にとっては、自分の魂が生きているのと同じくらい、つむじまがりとは人間の心がもつ原初的衝動のひとつであり、人間の性格を方向づける解析不可能な根本的機能あるいは情緒のひとつであるということも確かなのである。人間は誰しも「してはならない」と知っているというまさにその理由によって、卑しく愚かな行為を際限なく繰り返してしまうのではないだろうか。

われわれ人間には、最良の判断力にさえ背いて、法律を守るべきものと理解しているからこそ破ってしまう永続的な性向があるのではないだろうか。このつむじまがりの精神が、私を決定的破滅へ導かんとして生じてきたのだ。私にあの罪のない獣に対する暴虐行為を続けさせ、完遂させたのは、魂が抱く計り知れない願望――みずからを苦しめようとする――みずからの本性を痛めつけようとする――すなわち、ただ悪のために悪をなそうとする願望であった。ある朝、私は冷酷にも猫の首に縄をかけ木の枝から吊るした。目からは涙を流し、これ以上ないほど激しい後悔の念を抱きながら吊るした。猫が私を愛していると知っていたから、そして、猫には私に害されるべきいかなる理由もないと感じたからこそ吊るした。そうすることで自分が罪を――わが不滅の魂を危険にさらし、もしそのようなことが可能であるならば、最も情け深く最も恐るべき神による無限の慈悲すら届かないところへやってしまうほどの大罪を――犯すことになると知っていたからこそ吊るしたのである。

この蛮行がなされた晩、私は火事を知らせる叫び声で叩き起こされた。ベッドの周りのカーテンは炎に包まれ、家全体が燃え上がっていた。妻と召使、そして私自身もやっとの思いで逃げのびた。家屋は全焼し、この世で得た財産のすべては炎に飲み込まれた。私は絶望に打ちひしがれるほかなかった。

火事とみずからの残虐行為の間に因果関係があると主張するほど、私は軟弱な人間ではない。だが、ともかく一連の事実を詳しく挙げていくことにしよう──存在しうる関連性のひとつたりともあやふやにしないように。火事が起こった翌日、私は焼け跡を訪れた。壁はひとつの例外を除き、すべて崩れ落ちていた。この例外というのはさほど分厚くはない仕切り壁で、家の中央に位置しており、ちょうどその壁に私のベッドの頭の方が向いていた。壁に施された漆喰塗が火事の被害を防ぐのに大いに役立っていた。最近塗られたばかりだったおかげだろう。この壁の周りに人集《ひとだか》りが出来ており、ある特定の部分を細かく熱心に調べているようだった。彼らが発する「これは不思議だ!」「なんて珍しい!」などの言葉が私の好奇心をくすぐった。近づいていくと、壁の白い表面に浅浮き彫りを施したかのような巨大な猫の姿が、私の目に飛び込んできた。それは実に驚くべき正確さで刻まれていた。猫の首には縄が巻きついていたのである。

初めてこの亡霊を目にしたとき――「亡霊」と呼ぶのはそうとしか思えなかったからだが――私は極度の驚きと恐怖に襲われた。だが、じっくり考えてみて落ち着きを取り戻した。あの猫は家に隣接する庭で吊るしたのだ。火事の知らせを受けて、庭はたちまち群衆で埋め尽くされた。そのうちの誰かが猫を木から下ろし、開いた窓から私の部屋に投げ込んだのだろう。おそらくそうすれば住人を起こすことができると考えたのではないか。他の壁が崩れ落ちたことで、わが残虐行為の犠牲者は塗ったばかりの漆喰の中に押し込められてしまった。そして、漆喰に含まれる石灰が燃え、死骸から出るアンモニアと混ざり合うことで件の肖像画が出来上がったというわけだ。

さて、これで今お話しした驚くべき事象について、自分の良心に対してはともかく理性に対しては難なく説明がついたわけだが、にもかかわらず私の空想には深い印象が刻まれたままであった。何ヶ月もの間、私は黒猫の幻影を振り払うことが出来なかった。そしてその間に、私の心には悔恨に似た――ただしそれとはまた違う――感傷めいたものが戻ってきたのである。私は黒猫を失ったことを嘆き、多少なりとも似た外見をもつ代わりの猫を探し求めて、今では行きつけとなった安酒場を見てまわることさえしたほどだった。

ある晩、ひどくいかがわしい店で酒に酔い、なかば朦朧としていたときのこと、店のほぼ唯一の家具と言ってよいジンかラムの大樽のひとつに、何やら黒い物体がのっているのが目に留まった。先程から同じ場所を見ていたはずなのに、何故もっと早く気づかなかったのか実に不思議だった。近づいていって、手で触れてみた。それは黒猫だった――ひどく大きな――プルートーとまったく同じくらい大きく、ただひとつを除けばあらゆる点で彼にそっくりな黒猫だった。唯一の違いはというと、プルートーの体には何処にも白い毛など生えていなかったのに対し、この猫には胸のほぼ全体を覆う、ぼんやりしてはいるが大きな白い斑《ぶち》があったことだ。

私が手を触れると猫はすぐに起き上がり、ゴロゴロと喉を鳴らして体をこすりつけてきた。気づいてもらえたことを喜んでいるようだった。これこそ、まさに探し求めていた猫だ。私は即座に猫を買い取りたいと店の主人に申し出た。だが主人は、これは自分のものではないと答えた。この猫のことは何も知らないし、見たこともなかったと言うのである。

私は猫を撫で続けた。すると帰ろうとする頃には猫の方がついてきたがった。私はしたいようにさせてやり、帰宅途中で時折身を屈めてはまた体を撫でた。家に着くと猫は直ちにそこに馴染み、ほどなくして妻の大のお気に入りとなった。

私はというと、まもなく自分の中に猫に対する嫌悪感が芽生えているのに気づいた。それは予期していたのとは真逆の感情だった。だが——どのようにして、また、何故そうなったのかはわからないが——猫が私に向けてくるわかりやすい愛情がむしろ苛立たしく、私をうんざりさせたのだった。この嫌悪と苛立ちの感情は徐々に膨れ上がり、ついには激しい憎悪となった。私は猫を避けるようになった。私にも羞恥心というものがあったし、また、あの蛮行が思い出されもしたため、物理的に猫を虐待することは思いとどまったのである。何週間にもわたり、私は猫を叩くことも、その他の手荒な扱いをすることもなかった。だが少しずつ——本当に少しずつ——私は言いようのない嫌悪感を抱いて猫を見るようになり、まるで疫病の毒気から逃れるかのように、その忌まわしい姿を目にするとそっと逃げ出すようになった。

私の憎悪がさらに増したのは、間違いなく、連れて帰った翌朝になって、この猫がプルートーと同じく一方の目を抉り取られていると気づいたためであった。しかしながら、この事情は妻の猫への愛情をいっそう強めた。というのも彼女は――先に述べたように――かつて私自身の際立った特徴であり、このうえなく素朴で純粋な喜びの源であったあの慈愛の心を多分に持ち合わせていたからだ。

こちらが嫌悪すればするほど、猫はますます私を好きになるようだった。私が歩き回るときまって纏《まと》わりついてきたものだが、その執拗《しつこ》さといったら説明してもなかなか読者の皆さんに理解してはいただけないだろう。私が腰を下ろすと、椅子の下で丸くなるか、はたまた膝の上に飛び乗りぞっとするほどすり寄ってきた。立ち上がって歩き出そうとすれば両足の間に入り込んできて、こちらがもう少しで転びそうになったり、長く鋭い爪を私の服に食い込ませ、そのまま胸元までよじ登ってこようとした。そんなときは一撃で殺してしまいたくなったが、なんとか踏みとどまった。それはかつて犯した罪のことが思い出されたからでもあったが、何より大きかったのは――ここで直ちに告白させていただきたい――この猫が純然たる恐怖を感じさせたためであった。

for myself se ned to i
With my aversion to this cat!

この恐怖というのは、わが身に禍が降りかかるのを恐れる気持ちとまったく同じとは言えないが、ならば他にどう定義するかというと途方に暮れてしまうような類のものだった。これを打ち明けるのはほとんど屈辱的だが——そう、こうして重罪人の独房にいる今でさえ、打ち明けるのはほとんど屈辱的なのだが——猫が感じさせる恐怖は、想像しうる限りこのうえなくとりとめのない幻想によっていっそう高められていた。妻は一度ならず、新しい猫の毛が部分的に白くなっているという特徴に私の注意を向けさせた。それは先にも述べたように、かつて私が殺した猫との唯一目に見える違いであった。読者の皆さんは、この斑《ぶち》が大きくはあるものの、元々はひどくぼんやりしていたことを覚えておられるだろう。ところが、斑《ぶち》は少しずつ——ほとんど感じ取れないほど少しずつだったので、長いこと私の理性はそれをただの妄想と片づけようとしてきたのだが——少しずつくっきりしてきて、ついに明確な輪郭を帯びるに至ったのである。

今やそれは、恐ろしくてはっきり名指すことが出来ないものの形をしていた——何よりもこの形ゆえに私はこの怪物を嫌悪し恐れたのであり、もしもそうするだけの勇気があったなら排除していたかもしれない——それは、忌まわしく身の毛がよだつもの、絞首台の形をしていたのだ！——ああ、それはまさしく、恐怖と犯罪、苦痛と死の悲しく恐ろしい駆動装置の形だったのである！

私は並の人間には経験しえないほどの惨めさを味わっていた。たかが獣が――その仲間を私が傲慢にも殺したわけだが――たかが獣が私に――崇高なる神の似姿に造られた人間であるこの私に――耐え難い苦しみを与えたのである！　ああ、何たることだろう！　昼も夜も、もはや私が休息の恩恵に与《あずか》ることはなくなってしまった。昼の間は猫が私を一瞬たりともそっとしておかない。夜になると、言いようのない恐ろしい夢から毎時間飛び起きては、猫の熱い吐息が顔にかかり、その体の重みが――私には振り払うことの出来ない肉体を備えた悪夢そのものの重みが――いつまでも心にのしかかっていることに気づくのだった。

こうした苦痛に苛まれ、私の中の弱々しい良心の名残は屈服してしまった。残されたのは邪悪な思いだけ――このうえなく暗い、邪悪極まる思いだけだった。日頃の不機嫌さはますますひどくなり、あらゆる事物、あらゆる人間を憎むようになっていった。そうして突発的かつ頻繁で抑えの利かない怒りの爆発に私は盲目的に身を任せるようになったのだが、この発作的な怒りの矛先となり、最もよく耐え忍ばなければならなかったのは、何たることだろう、わが従順なる妻であった。

ある日、妻はちょっとした家の用事のため、私の後について古い建物の地下室へと――そこは私たちが貧しさゆえに住居とせざるを得なかった建物である――おりた。このとき、猫も一緒になって急な階段をおりてきたせいで、私は危うくまっさかさまに転落しそうになった。私は激しく怒り狂った。斧を持ち上げると、怒りのあまり、それまで私の手を押しとどめていた子供じみた恐れのことなどすっかり忘れて猫に一撃を食らわそうとした。狙い通りに斧を振り下ろせていたなら、猫は間違いなくその場で死んでいただろう。だが、それは妻の手によって阻止された。邪魔されたことで悪鬼も怯むほどの怒りに駆られた私は、妻から体を離すと、そのまま、彼女の脳天に斧を打ち込んだ。彼女は呻き声をあげることもなく、その場に倒れた。即死であった。

恐るべき殺人を犯した後、私は直ちに、抜け目なく慎重に死体を隠す作業にとりかかった。昼であれ夜であれ、死体を家から運び出そうとすれば隣人に目撃される危険は免れないとわかっていた。さまざまな方法が頭に浮かんだ。まず、死体を小さく切り刻んで燃やすことを考えた。次に、地下室の床に墓を掘ろうと決心した。あるいはまた、庭の井戸に投げ込んでしまうのはどうか、商品であるかのように箱に詰め、手筈を整えて運搬業者に家から運び出してもらうのはどうかなどと考えを巡らせた。

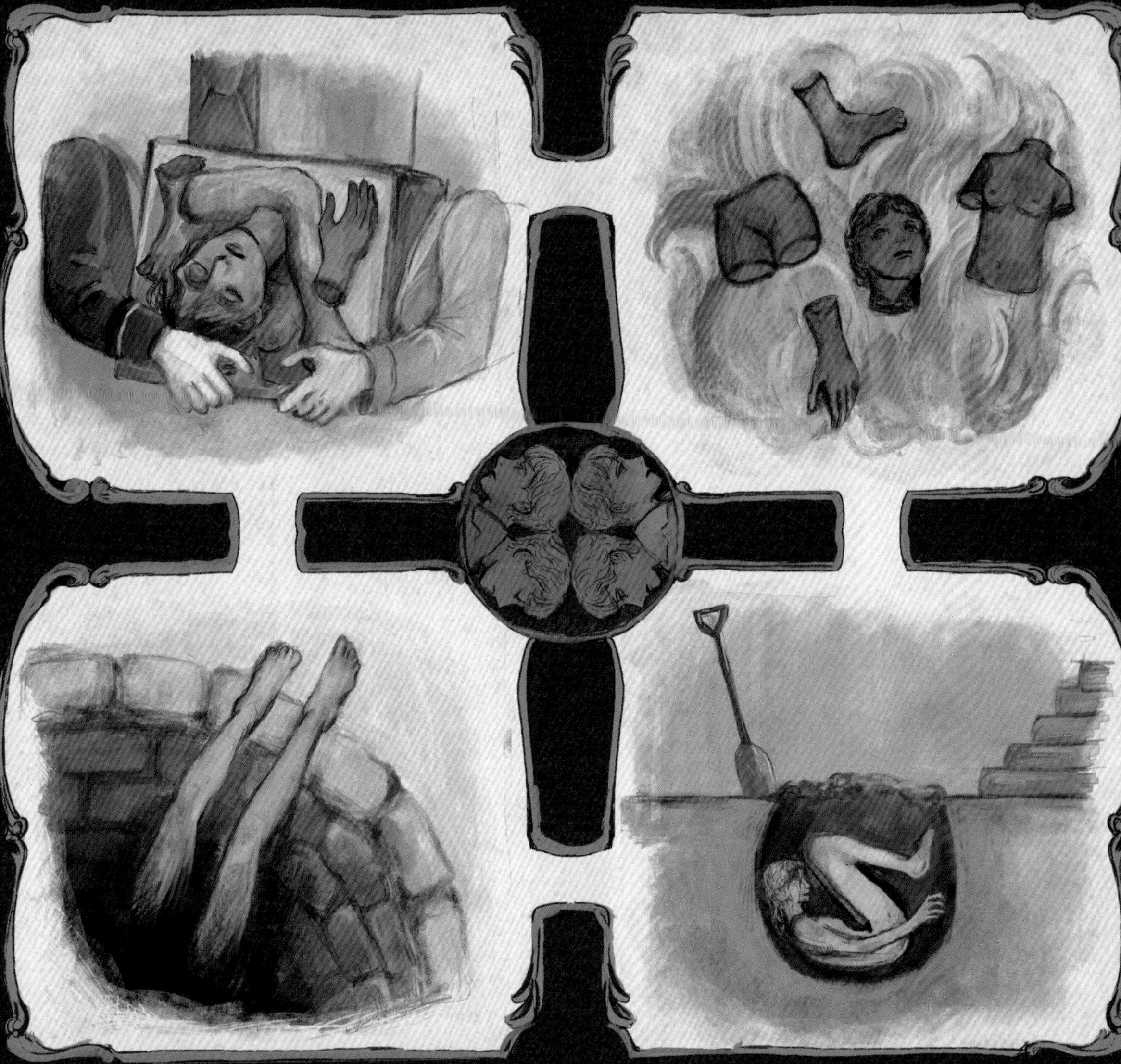

そうして最終的に、私としては最良と思える方法を考えついた。

死体を地下室の壁に塗り込めることにしたのだ――中世の修道士たちが犠牲者を塗り込めたと伝えられているように。

このような目的に地下室は誂え向きだった。壁はぞんざいな造りで、最近、粗い漆喰塗りを施されたばかりだが、湿気が多いため、十分に固まっていなかった。しかも壁のひとつには見せかけの煙突か暖炉を作った跡と思われる出っ張りがあり、あとから埋めて他の箇所と変わらないようにしてあった。この部分の煉瓦を取り外し、妻の死体を入れてから元通りに全体を塗り固めてしまえば、誰が見ても疑わしいところはないだろうと確信した。

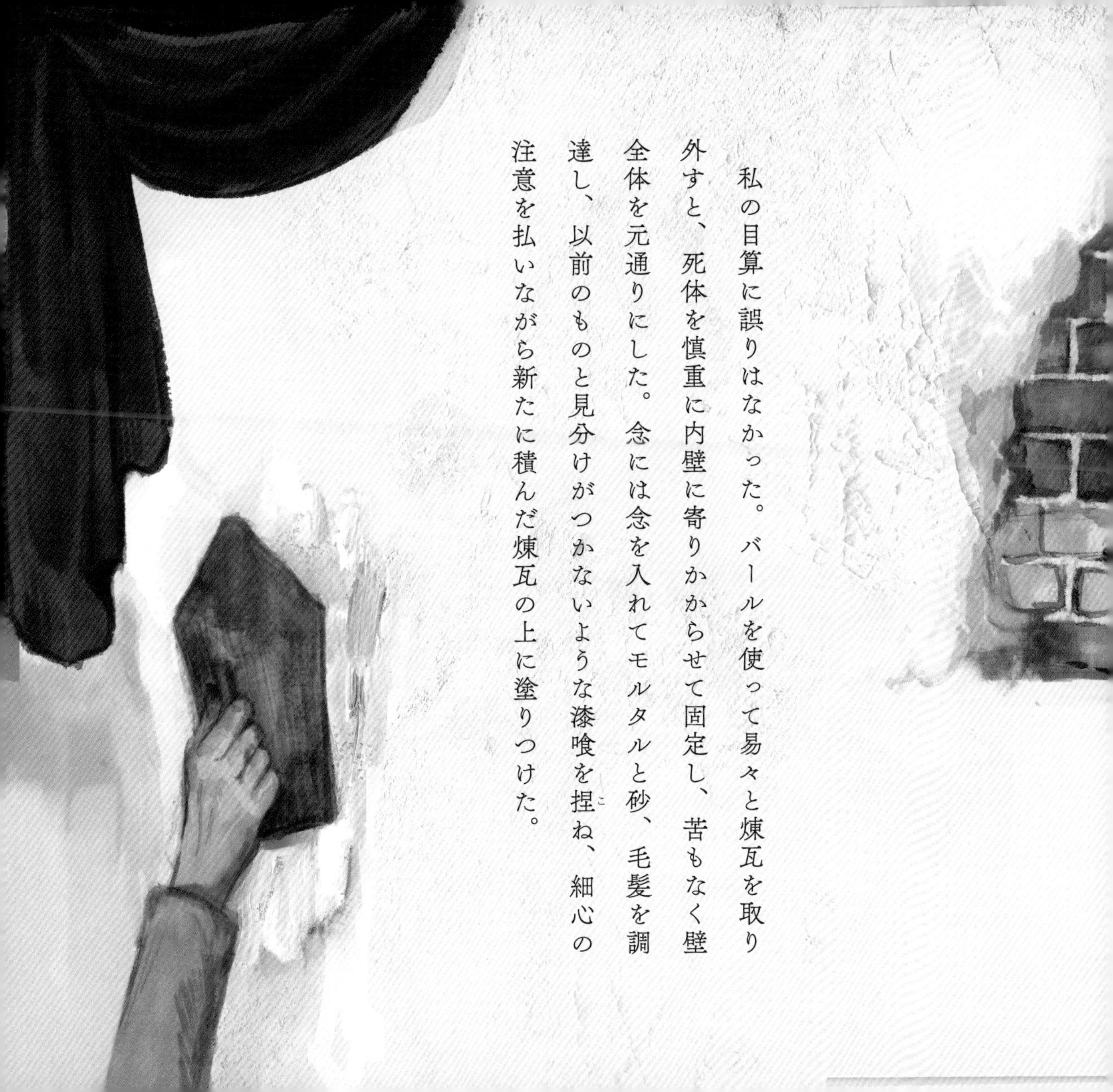

私の目算に誤りはなかった。バールを使って易々と煉瓦を取り外すと、死体を慎重に内壁に寄りかからせて固定し、苦もなく壁全体を元通りにした。念には念を入れてモルタルと砂、毛髪を調達し、以前のものと見分けがつかないような漆喰を捏《こ》ね、細心の注意を払いながら新たに積んだ煉瓦の上に塗りつけた。

作業を終えると、万事うまくいったことに満足感を覚えた。壁には一度バラバラにされたことを示す痕跡は何ら見当たらなかった。床に散らばった塵《ごみ》を残らず拾い集めてから、私は勝ち誇ったようにあたりを見回し、ひとり呟いた。「さあ、これで少なくとも苦労は無駄にならなかったわけだ」

次にすべきは、この途方もなく惨めな事態を引き起こした黒猫を捜し出すことだった。というのも、私はついに奴を殺そうと固く決意していたからである。もしこの時すぐに顔を合わせていたら、奴は確実に死んでいただろう。だが、あの悪賢い黒猫は、怒りにまかせ乱暴されたためか、不機嫌極まりない状態の私の前に姿を現すのは控えているようだった。忌むべき獣の姿を見ずにすんでどれほど私がほっとしたことか、その深く喜びに満ちた感覚は、言葉で言い表すことも想像することも出来まい。猫は一晩中現れなかった。私は、少なくともその晩だけは、猫が我が家にやってきて以来の安眠を貪ることが出来たというわけだ。そう、殺人を犯したという重荷が心にのしかかっていてもなお、眠ることが出来たのである。

二日が過ぎ、三日が過ぎてもまだわが心の拷問者は現れなかった。私は再び自由の身となった。あの怪物は、怖くなってこの家から永遠に逃げ去ったのだ！　もうあの姿を目にすることはあるまい！　このうえない幸せだ！　あの凶悪な行為に対する罪悪感もすっかり薄れていた。何度かあった尋問にも容易く答えることが出来た。家宅捜索も行われたが、無論、何も見つかりはしなかった。私の未来は安泰に思えた。

事が起こって四日目に、不意打ちで警察の一団がやってきて、再び徹底的な家宅捜索を行った。だが、死体の隠し場所が見つかるはずはないと安心しきっていたので、私は少しも慌てなかった。警官たちは捜索に付き添うよう私に命じた。彼らは部屋の隅々まで余すところなく調べ上げ、ついに、三度目か四度目かになるが、地下室へおりていった。私の体は少しも震えなかった。心臓も、無邪気に微睡《まどろ》む者と変わらないくらい穏やかに鼓動している。私は地下室を端から端まで歩いた。腕組みをし、気楽に行ったり来たりしてみせた。警官たちはすっかり満足し、立ち去ろうとしていた。わが胸中の喜びはあまりに大きく、とても抑えきれるものではなかった。勝利を高らかに告げるため、そして私の無罪について彼らの確信をいっそう確かなものとするため、何かひとことでも言いたくてたまらなくなった。

「皆さん」と私は、階段を上る一行に向かって語り始めた。「疑いを晴らすことが出来てうれしく思います。皆さんが今後もご健康であられて、そしてもう少し礼儀正しくなられることを祈りますよ。それはそうと皆さん、これは実によく出来た家なのです」(気楽な話し方をしたいという激しい欲求のあまり、自分が何を言っているのかほとんどわからなかった)――「みごとな建築物と言ってもよいでしょう。こちらの壁は――お帰りになるのですか、皆さん?――壁は頑丈に組み立てられています」こう言うと、虚勢を張りたい衝動に駆られ、私は手に持っていた杖で、わが最愛の妻の死体がまさに埋め込まれている、煉瓦細工の部分を強く叩いてみせた。

だが、神よ、私を魔王の毒牙から護り給え、救い給え！　杖を打ちつけた反響が静まるやいなや、墓の中から声が返ってきたのだ！　初めのうちは子どもの啜《すす》り泣きのような、押し殺した途切れがちの泣き声だったが、一気に膨れ上がり、長く続く甲高い叫び声となった。まったく異常で人間のものとは思えないような――何者かの吠える声――なかば恐怖に怯えているようであり、なかば勝ち誇っているようでもある、叫ぶような金切り声。それはまるで地獄から聞こえてくるかのようだった。苦痛の中にいる呪われし者たちの喉から発せられる声と、彼らを地獄に堕とし歓喜する悪魔たちから発せられる声とが混ざり合って聞こえてきたように思えたのだ。

その時どんな思いがしたかわざわざ語るのは馬鹿げている。気が遠くなり、私は反対側の壁の方へよろめいていった。階段の上に立っていた警官たちも、あまりの恐怖に一瞬、凍りついた。だが次の瞬間には、一ダースの逞しい腕が壁を壊しにかかっていた。壁は一気に崩れ落ちた。

死体は既にかなり腐敗が進み血糊がべったりついた状態で、居合わせた者たちの目の前に直立していた。その頭の上に、真っ赤な口を大きく開け、ひとつしかない目を爛々と輝かせながら、あの忌まわしい獣が座っていた。こいつの悪知恵のせいで私は殺人を犯すはめになり、こいつの密告により私は死刑執行人に引き渡されることとなった。私はこの怪物を妻とともに壁に塗り込めてしまっていたのである！

※本書には、現在の観点から見ると差別用語と取られかねない表現が含まれていますが、原文の歴史性を考慮してそのままとしました。

乙女の本棚シリーズ

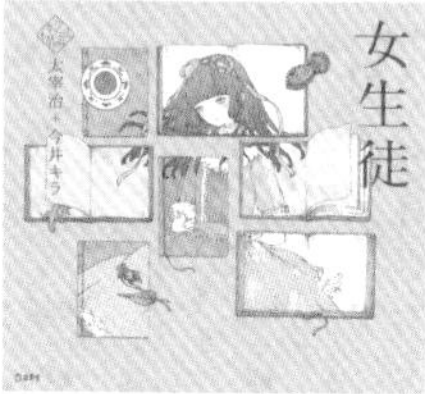

『女生徒』
太宰治＋今井キラ

『檸檬』
梶井基次郎＋げみ

『蜜柑』
芥川龍之介＋げみ

『猫町』
萩原朔太郎＋しきみ

『押絵と旅する男』
江戸川乱歩＋しきみ

『夢十夜』
夏目漱石＋しきみ

『葉桜と魔笛』
太宰治＋紗久楽さわ

『瓶詰地獄』
夢野久作＋ホノジロトヲジ

『外科室』
泉鏡花＋ホノジロトヲジ

『赤とんぼ』
新美南吉＋ねこ助

『桜の森の満開の下』
坂口安吾＋しきみ

『秘密』
谷崎潤一郎＋マツオヒロミ

『月夜とめがね』
小川未明＋げみ

『死後の恋』
夢野久作＋ホノジロトヲジ

『魔術師』
谷崎潤一郎＋しきみ

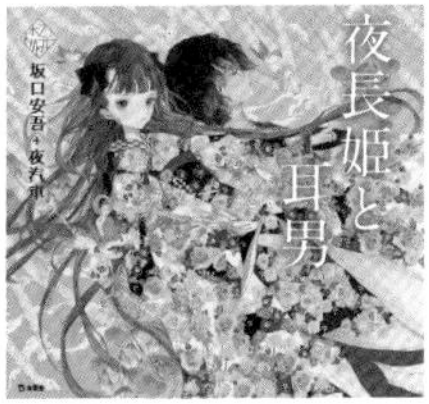

『夜長姫と耳男』
坂口安吾＋夜汽車

『山月記』
中島敦＋ねこ助

『人間椅子』
江戸川乱歩＋ホノジロトヲジ

『春は馬車に乗って』
横光利一＋いとうあつき

『詩集『抒情小曲集』より』
室生犀星＋げみ

『春の心臓』
イェイツ（芥川龍之介訳）＋ホノジロトヲジ

『魚服記』
太宰治＋ねこ助

『Kの昇天』
梶井基次郎＋しらこ

『鼠』
堀辰雄＋ねこ助

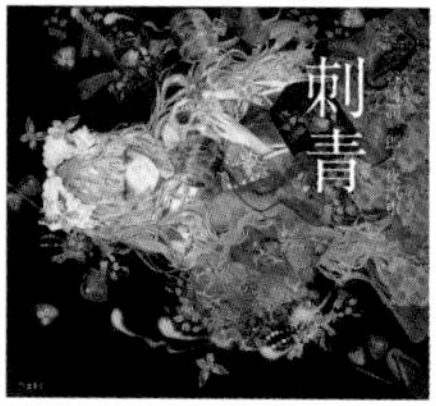

『刺青』
谷崎潤一郎＋夜汽車

『詩集『青猫』より』
萩原朔太郎＋しきみ

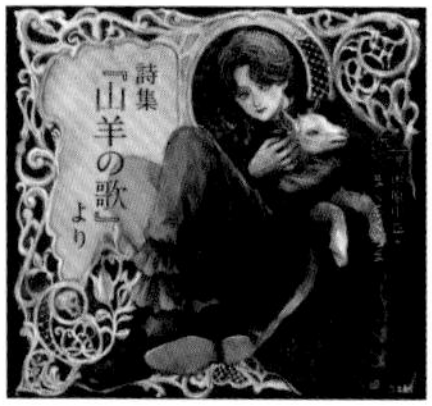

『詩集『山羊の歌』より』
中原中也＋まくらくらま

『人でなしの恋』
江戸川乱歩＋夜汽車

『高瀬舟』
森鷗外＋げみ

『木精』
森鷗外＋いとうあつき

『夜叉ヶ池』
泉鏡花＋しきみ

『ルルとミミ』
夢野久作＋ねこ助

『黒猫』
ポー（斎藤寿葉訳）＋
まくらくらま

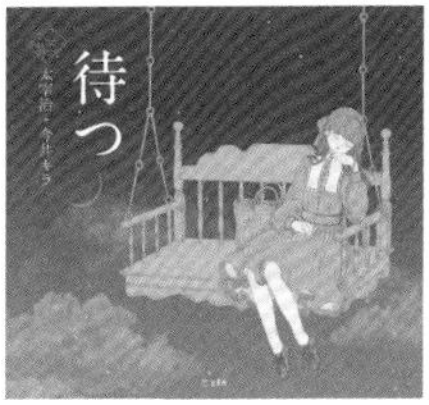

『待つ』
太宰治＋今井キラ

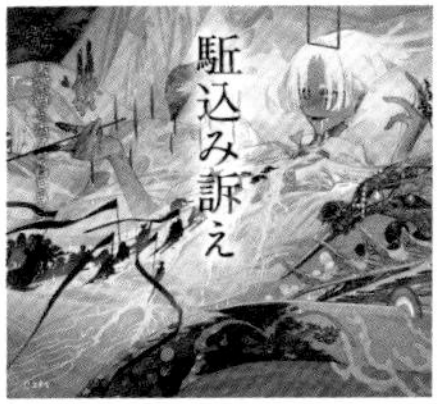

『駈込み訴え』
太宰治＋ホノジロトヲジ

『悪魔　乙女の本棚作品集』
しきみ

『悪魔』は定価：2420円（本体2200円＋税10％）
その他は定価：1980円（本体1800円＋税10％）

黒猫

2023年 10月13日　第1版1刷発行

著者　エドガー・アラン・ポー
翻訳　斎藤 寿葉
絵　まくらくらま

編集・発行人　松本 大輔
編集長　山口 一光
デザイン　根本 綾子(Karon)
協力　神田 岬
担当編集　切刀 匠

発行：立東舎
発売：株式会社リットーミュージック
〒101-0051 東京都千代田区神田神保町一丁目105番地

印刷・製本：株式会社広済堂ネクスト

【本書の内容に関するお問い合わせ先】
info@rittor-music.co.jp
本書の内容に関するご質問は、Eメールのみでお受けしております。
お送りいただくメールの件名に「黒猫」と記載してお送りください。
ご質問の内容によりましては、しばらく時間をいただくことがございます。
なお、電話やFAX、郵便でのご質問、本書記載内容の範囲を超えるご質問につきましてはお答えできませんので、
あらかじめご了承ください。

【乱丁・落丁などのお問い合わせ】
service@rittor-music.co.jp

Printed in Japan　ISBN978-4-8456-3924-3
定価1,980円(本体1,800円+税10%)